句集

初富士

伊藤敬子

角川書店

句集　初富士＊目次

装丁　野村勝善

句集

初富士

赤門

平成二十四年

福笹を担げる人に蹤きゆけり

いつ見ても真摯に据る雪伊吹

黄鐘の鐘の音雪の匂ひけり

衛士一人箒を使ふ深雪かな

かたはらに水の光れる猫柳

解けゆけり氷の端の風に揺れ

安曇野の斑雪の畦を踏みゆけり

靄ゆるみ蝶の雪形あらはるる

孫、東大に合格

堂堂と赤門はあり銀杏の芽

視線みな合格発表板高し

歓声を受け止めて水温みけり

赤門にご縁いただき桜の芽

鹿島立ちみな上向きの辛夷の芽

キーン先生の帰化三月の官報に

み熊野のいづこの山も笑ひけり
佐藤春夫のふるさとの城さくらどき

灘を見て山を見てゆく花行脚

秋櫻子誓子諾ふ花の下

西国の一番札所山ざくら
松阪は宣長の故地遠ざくら

滝つ瀬のひびく御寺の朴の花

牡丹を光の包む誕生日

こめかみに安堵の親子豆ごはん

麦秋の豊年の道伊勢の国

子規と虚子そこへ漱石ほととぎす

時鳥より貰ひたる落し文

一行の足とめて聞く遠郭公

滝しぶきかんばせに受け掌を合はす

心経をとなへて那智の滝仰ぐ

滝仰ぐ茨木和生と並び立ち

玫瑰は海の光陰たたみをり
鉾立の百貫の縄さばかるる

刻刻と鉾立ちゆくを離れ見て
うす暗き土間通り抜け屏風祭

その家の幸せぶりの屛風祭

虫干の家宝あれこれ遠囃子

硝子器のふんだんなるよ祭髑

目の前に槍の穂はあり登山靴

尖峰は切処《キレット》越えよ岳人発つ
雲の峰赤松の幹立ち並ぶ

声のよき鳥の集まる木曾の夏

浴衣着て木曾福島の夜を惜しむ

踊り下駄木曾川沿ひに集まり来

ひぐらしや山荘に脚のばしをり

曲りたく曲りて秋の梓川

穂芒のまだ直線の五六本

夕湿る山下り来て花野かな

秋草の吹かるる原を振り返る

氷河期の氷河斜めに濃竜胆

木道は坂道となる九月尽

一葉の質蔵を過ぎ秋の蝶

菊の昼菊坂を来て団子坂

刈谷にてトヨタ自動車

織機から今はプリウス鳥渡る

ひとむらの花の匂ひの名残り萩

ななかまど緋を引き絞る雲迫り
庭に来る鵯のあそびごゑうれし

秋深し豁然と立つ八ヶ岳

木堂居柿見上げつつ去りにけり

小春日の砂に波音木堂居

吉備津山小春日和を惜しみつつ

秋篠寺

しぐるるや剃落に耐へ伎芸天

踏めば鳴る庭に散らばる朴落葉

水面は見えず落葉松落葉降る

美しき眼光保つ枯蟷螂

煖炉の火守り石庭守りゐる

咎を負ふかに白鳥の雲に消ゆ

十二月銀座画廊にルオーの絵

山廬

平成二十五年

つくばひに一杓を置き初曙

うちはれて夢のとぼそを初昔

初山河倶にすごせる樹も土も

さつさつと鳥は空ゆく初山河

背景は凪の海なり初鏡

一本のマスト直立初景色

初暦キャビンの壁に貼られたる

戞戞と未来近づく初日記

夫の旅土産

遊牧の民の敷物淑気かな

美しき筆の命毛年賀状

にぎやかに乗り込みたれば宝船

物理化学と学びゐる子ら羽子を突く

み熊野の烏文字や日脚伸ぶ

青木信樹様ご永眠

凍蝶や四間道主人かくれたまひ

寒晴や日光月光像おはす

一盞の香の玉なせり寒造

尖峰は眼前にあり雪近し

み仏の指先に春遠からじ

鳥ごゑのちらばる岬寒明くる

茶座布団日に当てておく寒の明け

一鳥に安息のこゑ雨水かな

残雪の連嶺空を奪ひ合ひ

「笹」四百号

麗かや笹誌四百号重ね

灯台の四角のしんと鳥帰る

灯台の幾歳月や鳥雲に

安曇野の水ころころと山笑ふ

蕨摘みいささか水は流れ変へ

神官の木沓は砂利を春月夜

遷宮を待つ神域に蝌蚪の紐

黒豆を一日煮しめ花の昼

解纜の汽笛たからか春の海
うるほひの空にも満ちてリラの花

手を振ればこころの通ひ春惜しむ

空を見て故郷語る朧かな

竜宮の水の色とも都忘れ

離れ見て滝の音聞く滝桜

走り茶の予約うながす便り来る

会へばみなやさしきことば五月かな

恩愛の五月の日浴び集ひけり

青雲の志持ち豆御飯

輪をなせばこころ親しも樟若葉

人集ひ等しく染まるみどりかな

憂愁はわが胸うちに朴散華

海女小屋に海女の子摘みし浜豌豆

水ぐもる伊良湖神島麦の秋

「笹」三十三周年

生涯の今の光を風薫る

名古屋城お茶室にて「笹」三十三周年と四百号記念の集い

風薫る一日古城に遊びけり

城囲む金剛の風夏木立

旅終へて剪りたる庭の花葵

立葵尺のあたりを木にくる

京扇よき風のこと疑はず

みちのく行

山独活の背負籠に揺れ外ヶ浜

善知鳥《うとう》啼くゆゑ急ぎたる外ヶ浜

硝子器へ海の風よぶ夏料理

国道に階を積みたり草いきれ

永劫へ津軽の青田分蘖す

棟方志功育てしみどり浅からず

八甲田朴は静かに咲きゐたり

淋代やここときめたる浜豌豆

淋代や五体に迫る五月波

千年の幹千年の木下闇

裏庭に屋敷守老い桜桃忌

斜陽館黒マント吊る夏座敷

百年の框の冷えて斜陽館

柱みな檜角材秋簾

欄間には花鳥鶴亀雁の頃

濃夕焼かなしき津軽一の宮

恐山一回りして日焼せり

太古より穀倉の恩青田波

齢とは天より享くる沙羅の花

草に降る雨の大粒青林檎

厚切りの年輪飾る登山宿

海峡の底列車ゆく星月夜

北守る魂と汗佞武多祭

もののふの東の祭秋の暮

荒涼のたれいふとなく実玫瑰

星飛びて指先にふれ竜飛崎

崎泊り淵瀬海鳴り冷まじき

綿菅の綿軽やかに風に乗る

柳蘭乳牛歩み空を呼ぶ

玉虫のいのちのみどり背負ひたる
天平のいろの玉虫掌に貰ふ

落柿舎

十三畳半の涼風嵯峨日記

奥の間の去来の団扇借り申す

団扇風色紙へぎたる壁を背に

落柿舎に四六時おちて秋の水

豊作の柿を見上げて庵辞す

柿落つる音のしてゐて鹿威

風筋の見ゆるともなき水の秋

夕暮の白萩の辺に佇めり

梅干の一つ尊き山廬かな

山廬露地ひたひた迫る秋夕焼

蛇笏忌や火箸きちつと火鉢冷ゆ

稲は穂に円空仏は慈愛仏

大菩薩峠のしかと梅もどき

行き届く箒目山廬小春かな

榠樝の実垂るるへ手のべ語り合ふ

初鴨の水に囁きをりしかな

初鴨の水輪遠くもしづかなり

土の恵み水の恵みに今年藁

色鳥の啄めるもの日毎殖ゆ

銀扇を大空へ向け秋入日

あし音の蹤きくる秋の夕べかな

白粥や部屋に満ちくる小菊の香

漕ぎ寄せて舟より渡す小菊束

しつかりと粒を育てむ万年青の実

中空の回廊たどる紅葉狩

谷底を廊下と呼べり紅葉山

紅葉みち森林限界越えゆけり

怠れば針は錆ぶるよ一の酉

林中に入りてマフラー巻き直す

今昔の枯山蛇笏龍太の世

強霜の富士は龍太の魂なりし

心して立つ強霜の河童橋

てのひらに初雪の香よ西穂高

暁の水ふくむとき笹子鳴く

初富士

平成二十六年

初富士や大和ごころの美しく

笹一葉一葉いたはり初昔

初茜扇びらきにわが山河

元朝やす早き鳥の声残す

初御空心安らに鯱仰ぐ

神島より風鹹き初明り

昔家の間取り思へり鏡餅

注連飾り小原の藁のよく匂ふ

蕪村筆おくのほそ道薺粥

初富士の直線しづか百戸の谿

字余りのなき龍太の句冬の鯉

刻深し悠か後山の冬すみれ

一月の川流れゐる小黒坂

一月の谷のましろき小黒坂

寒鯉の棒の並べる水の奥

高からねども大寒の山聳ゆ

刻刻と雪一村を埋めゆけり

遠ければ蒼のいろ増す雪の嶺

湖北の地雪にかなへるたたずまひ
雪深き村なりむかしいくさあり

信長の城壁あたり雪しまく

小面に紅白の紐春立てり

丸き玉ゆるめはじめし蕗の薹

下萌や暖流は北めざしゆく

楸邨の木の芽の怒濤いまも荒る

寵愛の硯にも似て黒椿

椿咲くひかり足らざる空へ向き

天井に煤竹張られ帰る雁

彼岸吹雪止みても比良の峰見えず

わが膝を擦りて初蝶空へ消ゆ

山笑ふいづれの家も南向き

花の昼小千谷縮の小風呂敷

山彦や花を尋ぬるわれも過客

叔母の一周忌

美しきこと鎌倉の山ざくら

湧く雲の徐徐に染まりて花の崖

桜貝夢の世界に落ちし夢

会ふ人のみなやさしくて灌仏会

むすかりの花を四隅に花御堂

「笹」三十四周年

笹の譜や刻の移りて五月来ぬ

風炉点前てのひらに受く志野茶碗

綿飴を舐めて五月の雲舐めて

盛り上がる若葉に眩暈稲葉城

牡丹にけふの力を貰ひけり

しろがねの繭竹籠に大音村

千年を踏みし三和土ぞ青芭蕉

田水張る空の大きく支考庵

夏茱萸の一粒古き味したり

早苗束両手に提げて老教師

立子椿高士へ続く青山河

朴葉鮓うつし世うつりゆきにけり

紅の玉しやんとしてきて花柘榴

父の日や父と約せしことひとつ

黒南風やわれへ寄りくる島の牛

万巻の書に頁足せ青嵐

青嵐大志抱ける渦に入る

離別とは死別のこの世ほととぎす

奥木曾の斧鉞を発止ほととぎす

沢螢方丈にきて明滅す

京鹿子十六夜日記ひもときぬ

何もせぬ一日を重ぬ糸蜻蛉

想古亭近江縮の夏座布団

夏足袋や胸高に帯締めて待つ

白シャツの綺麗に歩き島育ち

山椒魚老いゆく深き水底に

沙羅の花瑠璃光仏は厨子の中

山伏に帝背負はる送り梅雨

蔓荊《はまごう》の咲けばかなしき九鬼の浜

鱧料理海士の藻塩をひとつまみ

蟬声や仁者は山を楽しめり

人情を通ひ合はせて島の夏

しばらくは赤壁見上ぐ草いきれ
赤壁の泥染めの麻買ひもして

石庭に石舟灼くる龍潭寺

おん僧のまとふ羅蘇芳色

北前船の昔の港盆踊

漁火の賑はしからず星飛べり

天の川八雲遺品の双眼鏡

海面にうつる銀漢丑三つどき

いにしへの恋桔梗の濃むらさき

クロノスが来て江州の稲の花

一灯は姉川あたり鬼貫忌

萩咲くや去来の弓弦ひきしぼる

萩活けて花瓶のおもて拭きにけり

秋爽の紺いろいたる余呉湖かな

二夏二冬豆をねかせて水の秋

鬼ヶ城眼前にしてさんま鮨

平成二十六年九月二十七日御嶽山二万年ぶりに噴火

活きて噴く御嶽の裾紅葉す

噴煙の山近く見て茸飯

茸飯戦国の世を語りつぐ

出穂期風のきれいな淡海かな

柿の実はたましひのいろ去来の忌

世にすこしかかはりてをり柿実る

鷹渡り終りたりしと伊良湖より

富士山五合目にて

頂の新雪五合目にてまぶし

黄葉の富士下り来て力ぬけ
本郷の黄葉のこと告げらるる

橅黄葉肥沃の水を海へ流す

誓子句碑秋風を待つ余呉湖畔

秋深き木曾の種屋に種買へり

冷まじや門一つ火葬塚

兵糧の味噌仕込まるる暮の秋

小春日の八丁蔵の味噌甘し

夕暮の迫る伊吹嶺しぐれ虹

梟をかくまへる闇萱の浦

薬喰香蘭渓へと誘はるる

薬喰断りたればそれつきり

踏破せし北岳語る今は雪

冬銀河さらさら垂るる賤ヶ岳

青嵐

平成二十七年

吉報をくれし子囲み初昔

医学部へみち決めたる子今朝の春

大福茶傘寿の年を迎へけり

はつはるや極昔とは銘茶の名

山の井を汲む初筑波茜なす

羽子板の弁慶いまも守り神

まん丸の目ににらまるる福笑

手鞠唄みちのくぶりのかなしさよ

けふもきてうぐひすはこゑもたらしぬ

犬箱の古ぶ金いろ雛祭

目録に叙勲の報せ春煖炉

田原とは杜国の山河鳥帰る

したはれて杜国は眠る鳥雲に
仮の世の蜷のみちすぢ蜷すすむ

義経も翁も越えし山笑ふ

人の世の一炊の夢桜貝

薄墨のことしのさくら咲きをはる

風率ゐ母衣のかなしき熊谷草

天金の書に天地あり聖五月

薔薇の昼身を休めゐてバッハ聴く

ふるまへりこころみとして薔薇の酒

芍薬の紅濃しいのち惜しむべし

兀兀と六十余年薄暑かな

麦の秋熊の涙といふ地酒

行成の本能寺切杜若

咲き出でて敦盛草の男ぶり

方丈に六月の風よく通る

「笹」創刊三十五周年

青嵐笹の歳月軽からず

沢蛍山に向ひて飛びゆけり

大寺の池にきりころ青蛙

夏の蝶石庭の波越えゆけり

大寺の簾真直ぐ垂れてをり

西陣の白地夏帯定家の忌

句集　初富士　畢

あとがき

京都・金剛能楽堂で行われた「冷泉家時雨亭文庫　俊成卿生誕九〇〇年記念行事〈歌聖の夕べ〉」に、冷泉為人・貴実子様からお誘いをいただいた。異次元の世界に遊ぶ時の濃密な余韻を曳きながら、帰宅してすぐ十六冊目の句集『初富士』の原稿をここにまとめあげることができた。

振り返ってみると、私は十代の終りのころ（昭和三十年代）、名古屋の熱田神宮能楽殿へお能を観るためによく通っていた。説明が少しややこしいが、そこで夫の母の弟で叔父の片山五郎氏（東大仏文科卒。愛知県立大学副学長）に会った。私がよくお世話になり引用するもう一人の叔父・伊藤春三氏（東大で井本農一氏、田宮虎彦氏と同期）は、片山氏の弟である。片山氏は、私の伯父（心理学専攻で国文学者・久松潜一先生と八高、東大で同期）とも親しかった。

私と血のつながるこの伯父は、文部省勤務ののち駒沢大学、國學院大学の教授として東京世田谷に居住し、近所に住む角川源義氏とも親しかった。この伯父は、金田一京助、巌谷小波と東大で同期だったので、巌谷小波から直接貰ったという短冊の一枚が今、私の手元にある。とにかく、この時代の人間は個性豊かで多彩であったことを思い知らされるのである。

片山の叔父は私が文学を学び俳句に興味を抱いているということを知っていたので、すぐ高木市之助先生（国文学）を紹介してくださった。また東大の同期、松村博先生（『狭衣物語』の研究家、名古屋大学教授）に私は『源氏物語』を学んだ。これら斯界の泰斗の先生方に次々とお世話になった。

現実にもどって、冒頭に記した藤原俊成の歌聖の夕べ（平成二十七年十二月五日）では、奇しくも久保田淳先生にもお会いした。誠に芳醇な初冬の京都の夕べであった。九百年という時空を超えて藤原俊成卿の世界にあそび楽しむというそのおどろき、感動には限りないものがあった。

さて、先人の顰みに倣い、このたびこの句集を編むに際して思うことは、句歴六十余年の私の歳月は夢のように過ぎてしまった。しかし、師加藤かけいも山口誓子も、句集は数年ごとに出版されていたことを知っているので、私も四、五年おきに出版できたことは幸せであったと思っている。

本句集の題名は「初富士」とした。そのめでたさ、美しさにあやかりたいという思いを抱きながら見る初富士は大和の国を代表するにふさわしく、おおらかで美しい。古来、人々の心をとらえてきた品格ある美しさである。久保田淳先生著『富士山の文学』をくり返し読みながら、二十年くらい前、粟津則雄、半藤一利、久保田淳のお三方で「富士山の履歴書」と題する座談会が行われたことを思い出した。その後、富士山は世界文化遺産にも指定された。しかしそれとは別に、私は新幹線に乗るたびに窓から見ては富士山の御機嫌を伺うことを通例とし、楽しんでいる。

作品は平成二十四年より平成二十七年夏頃までに発表した作品から三百二十四句を選んで収録した。日常吟が多い中で、故飯田龍太先生の山廬にお伺いして御子息秀實様の御厚情に与ったこと、「笹」の皆さんと青森へ隠岐の島へと三泊四日の吟行をしたことなどは特に思い出深い。俳句における吟行の意味を発見した先人の知恵を噛みしめるばかりである。

また、直木賞作家・伊藤桂一先生の御指名により、京都・落柿舎における去来賞の選句を担当させていただくことになり、嵯峨野小倉山を時折訪ねている。時雨亭文庫の冷泉様からは定家卿のまつりごとにもお招きをいただき句境を拡げさせていただいていることは格別印象に残っている。

このごろの私の俳句生活の一端を記しておきたいと思ったことをお許しいただきたい。

最後になってしまったが、本句集出版に関しては、角川『俳句』編集部の皆様に格別のご尽力を賜った。ここに記して感謝の誠を捧げ、厚く御礼を申しあげたいと思う。

平成二十七年　冬至

伊藤敬子

著者略歴

伊藤敬子（いとう・けいこ）

昭和十年、愛知県生まれ。昭和二十六年、愛知県立旭丘高等学校在学中より句作。

愛知淑徳大学大学院博士課程後期課程修了。文学博士。

山口誓子・加藤かけいに師事。愛知県芸術文化選奨文化賞・山本健吉文学賞など受賞。

句集『光の束』『鳴海しぼり』『存問』『百景』『白根葵』『象牙の花』『山廬風韻』『淼茫』など。

評論集『写生の鬼──俳人鈴木花蓑』『ことばの光彩──古典俳句への招待』『高悟の俳人──蛇笏俳句の精神性』、入門書『やさしい俳句入門』他多数。

東海俳句懇話会主宰、「笹」主宰、公益社団法人俳人協会評議員・俳人協会愛知県支部長、愛知芸術文化協会理事、芭蕉顕彰名古屋俳句祭会長、日本文藝家協会会員、日本ペンクラブ会員、CBCクラブ会員。

現住所　〒465-0083　名古屋市名東区神丘町二―五一―一

句集　初富士《はつふじ》

2016（平成28）年4月25日　初版発行

著　者　伊藤敬子
発行者　宍戸健司
発　行　一般財団法人 角川文化振興財団
〒102-0071 東京都千代田区富士見1-12-15
電話 03-5215-7819
http://www.kadokawa-zaidan.or.jp/
発　売　株式会社 KADOKAWA
〒102-8177 東京都千代田区富士見2-13-3
電話 0570-002-301（カスタマーサポート・ナビダイヤル）
受付時間　9:00 ～ 17:00（土日 祝日 年末年始を除く）
http://www.kadokawa.co.jp/
印刷製本　中央精版印刷株式会社